横書き川柳

松城信作川柳句集

Shinsaku Matsuki

新葉館eブックス

横書き川柳

新成人
お祝いします
木樹の寿

▼

2022年4月から18歳が成人年齢と決まった。新たに成人の年齢から木寿を新設しては如何。寿は歳を祝う言葉。人生百年時代、大樹に育つように。100歳の百寿、108歳は茶寿、111歳は皇寿、119歳は頑寿、120歳の大還暦まで。

米
卆
㐂
仐

温暖化
平均寿命
延びている

▼

平均寿命は温暖化に比例し延びている。男子平均寿命は2016年80.23歳、2017年80.98歳、2018年81.09歳。世界平均は70.09歳との事。日本女子は2018年87.26歳。余命年数は平均寿命に更に加算される事になる。

災害は
忘れぬうちに
やってくる

▼

日本列島近辺は４つのプレートが、せめぎ合っている。地震予知の研究では、近年南海トラフ地震など発生危険が迫っている。然し先ずは万全の事前対策が重要である。津波、台風、高潮、大火災など事後の救助対策が必須。

今年の字
忖度されて
北の字に

▼

2017年、恒例の京都清水寺発表の「今年の字」は、「忖」でなくて「北」になる。この世界でも忖度されたのか。忖度出来る人は勿論、忖度される人になる事が必要な時代が来た。高級官僚然り、閣僚然り、総理まで。

北

川柳で
働き過ぎの
モリとカケ

▼

この1年、国会は政策論議でなく、もっぱら森友問題と加計学園に時間が多く費やされた。働き方改革が論議される中、川柳の世界でもモリとカケは働き過ぎであった。

掘り出せば宝の山の公文書

▼

財務省、防衛省、文部省など隠れた公文書が噴出した。国の有能な筈の、上級国家公務員。国民の為の仕事を全うすることなく、国会での証言後消えていく残念さ。美しい国である前に、正義感に満ちた国であって欲しい。

眼はピカソ
耳はバッハの
世を送る

▼

高齢になると眼は白内障、緑内障、飛蚊症などが生ずる。眼科医はどこも忙しい。耳鳴り、難聴など耳鼻科も同様。歯医者も大流行り。長寿社会は不便もありお金も掛かる。然し気持ちを変え、受け入れれば、また楽しからずや。

取説に
教えて貰う
高齢者

▼

「老人の取扱説明書」という本が売れている。古希を過ぎ身体に支障が出てくる。介護をする人が老人を正しく理解する本であると思う。然し他方、老人本人が読んでみて、「己を知り相手を知れば百歳危うからず」という本か。

オレオレも
認知気味には
適わない

バスでもテレビでも、オレオレ詐欺防止キャンペーンだ。詐欺被害が絶えない。然し、認知証、認知気味になると、相手に通じない。騙されるのは認知症ではない人のようだ。私も電話が掛かってきた時、分かっているのに危うかった。

宇宙から
警告弾が
かすめ行く

▼

この地球では、至る所で人間が武器を持って争っている。一方、日本国内では有り難い事に平和に慣れきっている。2017年4月に直系650mの小惑星2014JO25が地球の165万km先をかすめた。衝突していれば人類は滅亡。

量子来る
大宇宙から
小宇宙

▼

人体は60兆の細胞から出来ているという。この小宇宙に向かって、大宇宙から沢山の量子が降り注ぐ。大宇宙の規模は10のプラス100乗の世界。小宇宙も10のマイナス100乗の世界とか、人間はこの真ん中の1に立っている。

人の栖む星が地球を探してる

▼

太陽系のある銀河は直系10万光年の規模。1000億の恒星がある。その中のハビタブルゾーンに、数えきれぬ数の惑星がある。互いの距離は遠い。一方、生命の生存時間は短く宇宙規模からは一瞬の命だ。お互いに発見は難しい。

脱原発
辞めて気が付く
元首相

▼

東日本大震災を機に、原発の危険と廃炉処理の困難を改めて知った。この原発が日本を高度経済成長させた。地震対策が出来ていれば、こんな大惨事には至らなかった。辞めてからでも反省し、気が付くのは良い方でしょう。

脱
原発

安心の
神話崩れる
資産株

あの大震災で原発が破壊された東京電力は、倒産も国有も無かった。会社は存続したが、老後の一番確かな安全資産と見られた東電株は暴落。十分の一程に。それでも廃炉計画に従って損失が膨らみ会社は続く。

処分地が最後に頼るあみだ籤

▼

除染後の廃棄物処理に苦慮している。どの自治体も住民の反対で、受け入れられない。アベノミクスではどのように対策を考えているのだろう。最後はあみだ籤か。汚染水の処理も大変だ。

真相を
告げよ尖閣
浜の砂

▼

この島は江戸時代、沖縄、台湾の漁民の休憩地だった。中国は領海を方々で広げている。大国はおおらかに、臨んで欲しい。日本海や南シナ海を平和の海に出来ぬか。そして尖閣も昔のように友好、安心の島とならないか。

尖閣の
梯子を外す
NYT

▼

オバマ政権の時代は尖閣諸島は、日本領土と認めていた。日米安保条約の範囲内とも明言していた。然しある日ニューヨークタイムズ紙が、意外にもこれに反する曖昧な記事を載せた。

（朝日川柳2012・10・6に掲載された句）

尖閣の代わりにならぬ西之島

太平洋小笠原近くの西之島が火山活動で大きくなった。太平洋プレートの移動は日本列島と太平洋の島の距離を近付けているようだ。然し大陸プレート上の尖閣諸島の代わりにはならないか。

五輪来る
心配性の
七年後

▼

東日本大震災直後、東京五輪・パラリンピックが決まった。福島原発の事故処理が、どれ程時間が要るか解らない時に。大震災復興に国民全員が取り掛かる時に余裕があるのか。まず地震、水害対策が必要な時に。5年前の感想である。

TOKYO OLYMPIC
2020

五輪NO
賢明ですね
ハンブルク

▼

各国、各大都市が五輪誘致を競っている時、ハンブルク市民は誘致を断念した。10年先の国力、治安力、経済力を考えた。ドイツは自国及びEU諸国の難民受入れ対策に忙しい。なお最近、我が国も札幌市が2026年冬の五輪を取り下げた。

東京の
オリンピックは
大丈夫？

▼

東京五輪・パラリンピックまで、あと2年。現在順調に準備が進んでいる。開催時に直下地震や大災害に襲われた時、対策は大丈夫か。救助、救済は五輪の外国人客がファースト。東京都も国も我々も。例え国民の方の救済が遅れても。

応援は
妻はイシグロ
僕春樹

▼

私もハルキストの一人。今年ノーベル文学賞は見送り。選考委員会内部の問題とか。数年前から村上春樹氏の受賞を予想していた私だが、一昨年はボブ・ディランが、2017年はカズオ・イシグロが受賞した。

ノーベル文学賞 2017

船橋に
ご縁の出来た
ハルキスト

▼

村上春樹氏は2016年アンデルセン文学賞を受賞した。アンデルセンはデンマークのオーデンセ市の生まれ。船橋市は、1989年からオーデンセ市と姉妹都市である。村上氏はノーベル賞より先にこの賞を受賞している。

コンクリに
人は勝てぬと
笑うダム

▼

民主党政権になった時「モノからヒト」へとダム工事が方々で中止となる。5年経った今、ダム工事は次々と復活。あの有名な八ッ場ダムも。川湯温泉では、1軒がダム完成までダムを見上げながら営業していて人気のようだ。

砂採りが
儀式となった
甲子園

▼

2018年夏の甲子園は、秋田の金足農高が準優勝した。敗戦高の選手が潔く、球場に一礼し去る姿は清々しい。他方、甲子園を去る選手達が球場の砂を袋に詰めている。この砂が、インターネット上で取引されていると聞く。

甲子園
紙面に探す
母校の名

▼

最近は公立高校が、夏の県代表になることは難しくなった。卒業以来、転勤地で新聞紙面に、地方予選に母校を探してきた。嬉しい事に、数年前、念願の甲子園初出場を果たした。然し、残念ながら一回戦で敗退。

8月は
頑張りましょう
八十路坂

去年も今年も8月は本当に暑く、傘寿の歳にはきつい。70年以上前、台湾で迎えた敗戦日の暑さは格別だった。国民学校2年生で、手旗信号を会得し、モールス信号も覚えようと。早く戦闘機に乗りたい軍国少年だった。

預言者よ
和解の道を
説き給え

▼

イスラム教信者の国で、国内の戦闘が繰り返され庶民が困窮している。平和を望む人々ばかりの筈だと思うが。「何事のおはしますかをば知らねどもかたじけなさの涙こぼるる」が心に浮かぶ。西行が伊勢神宮で詠んだという。

独裁を
倒してもなお
遠い道

▼

アラブの春で多くの独裁者が倒れた。民主化が期待された多くの国が、内部抗争と権力者の交代で内戦となった。民主化が実現するには時間が必要。大国の思惑がある。一般庶民に自由な選挙と平穏な日が来るのはいつの日か。

天国は
地獄の先に
あるという

▼

この世は誰にも容易な道ではない。然し戦争下にある人々は、死後は極楽世界を願っている。どんな境遇にあっても、善行を心する事か。「積善の家に余慶あり」と言う。世界はカオスとコスモスの繰り返し、万物は流転すると言われる。

台風が
北は嫌だと
へそ曲げる

▼

　今年2018年の台風19号は異常な動きをした。北進せずに日本列島の中央で南下した。台風も北に進むことを拒んだのか。何か言いたかったのか。北方には多くの未解決問題を抱えているからか。

梅雨前に
台風よこす
エルニーニョ

▼

今年は6月から連続して、台風が日本列島に襲来した。エルニーニョのせいか、ラニーニャのせいか。または別の要因か。温暖化と言っても、自然現象、自然の摂理との対応には限界がある。

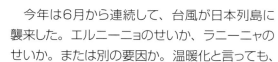

寒冷期へ取っておきたいこの暑さ

▼

ある友人の意見である。来るべき寒冷期まで、この暑さを残しておけないか。縄文以前、ホモサピエンスは寒さに震え、食料不足を何とか乗り越えてきた。現在温暖期にあるが、いずれ確実に寒冷期がくる。

70年
歴史に刻む
平和の字

▼

戦後70年の時の句である。昭和43年と今平成の30年。敗戦の日からよく復興出来たと、改めて感謝する次第。戦争を知らない子供達。大人も殆ど戦争を知らない。昭和の語り部たちは、如何に戦争が悲惨なものか説く。

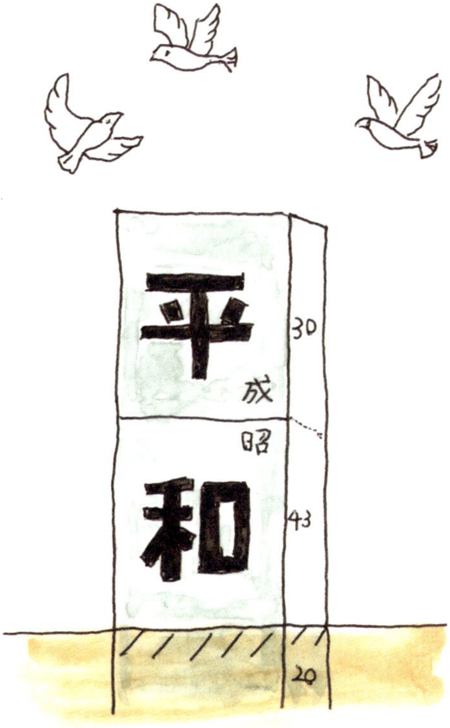
平
成
30
昭
和
43
20

八月は
3の倍数
祈りの日

▼

8月は我が国にとって、苦難と復興の月である。3の倍数日を辿ってみる。6日は広島原爆、9日は長崎原爆、12日は日航機が御巣鷹山に墜落、15日は降伏日、18日は観光バスの飛騨川転落。30日はマッカーサー厚木進駐。

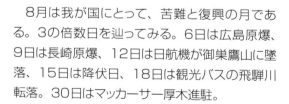

沖縄に
大きい借りが
ヤマトンチュ

▼

「もし」、「たら」の話。あの戦争でドイツの降伏時に、していたら。指導者に先見の明と決断力があったら。白兵戦も免れ、ひめゆりの塔の悲劇も無かった。今また基地問題で多くの負担をかけている。

クリミアに
トラストミーの
宇宙人

▼

驚きました。首相だった人がこの時期にクリミアに現れるとは。米国や西欧諸国が反対している時に。そう言えば「基地は国外に、少なくとも沖縄県外に」と沖縄で言ってくれた人だけど。

2015・3・15

クリミアは
ソチが済むまで
我慢する

▼

ロシア人住民が大多数のクリミア。ウクライナからの独立運動。欧米は反対でプーチン大統領は大変だ。然しソチ五輪が済むまではそっと。西欧諸国を刺激して五輪ボイコットでもされれば面目も無いから。

輝くは小さい国の金メダル

大国は五輪の金メダルを争う。出場選手は殆どプロとプロ同様。優勝には国歌が流れ、国旗が掲揚される。国家の競争を五輪に転じている。一方不祥事も多い。以前、エチオピアのアベベ選手は裸足で優勝した。

アベノミクス
最初歌った
黒田節

▼

安倍首相は就任後、日銀総裁を黒田総裁に代えた。黒田節は景気浮揚を念願する歌だ。アベノミクスは異次元の金融政策か。あれから6年、現在はどうか。自民党総裁3選を果たし、第4次安倍内閣が発足した。

原子炉と
車は急に
止まれない

▼

日本経済の発展をけん引してきた原子力エネルギー。福島原発壊滅により、一挙に国内に原発不信が拡がった。代替エネルギーの目途がつくまで、経済成長に必要。既存原発の安全運転を確保し、脱原発に進むしかない。

原発が
続いて欲しい
町と人

安全神話を信じてきた規制委員会、電力会社など。そして原発に関わってきた、多くの地域住民。原発で活動の場を得てきた企業経営者、官僚、議員などにとっても生活の糧であろう。

トランプの
カードに探す
我が総理

▼

　思いがけない急展開で米朝交渉が始まった。アメリカファーストのトランプ大統領の手腕はいかに。優先順位は金委員長、習主席、プーチン大統領なのか。トランプ大統領と親友の安倍日本は大丈夫だよね。

あの人は
厚くもてなす
疎遠客

▼

米朝会談後中朝両国は急速に再度親密になった。終身主席は笑みを浮かべ、最初来訪の金委員長を格別の待遇で迎えた。我が安倍首相も一番に米大統領を訪ねて親友になったという。やはりファーストは貴重か。

1年前
ミサイル雑言
飛びかった

▼

日本列島を挟み、ミサイルと罵詈雑言応酬の米朝首脳。世界は常に流動する。我が国も先を読み、柔軟的確で臨機な対応が緊要。政治家の能力と資質に期待するが、第4次安倍首相は全員野球内閣だと多数新人を入れた。

活きていると
自己主張する
桜島

▼

桜島はいつも噴煙を上げ、我が国は活火山だと警告。火山帯上の日本列島近海は、4つのプレートがせめぎあう。日本の山は全部活火山だ。富士山だっていつ噴火するか。東京五輪までは、特にお静かに願いますよ、黥さま。

難民に
寄付なら出来る
下流人

▼

アフリカ、中東からEU諸国へ押し寄せる難民の群。国外に出ることも出来ない極貧の子供達がいる。食品ロスが溢れる日本の現状。難民引き受けの難しい我が国では、少額でも寄付金など協力したいと思う。

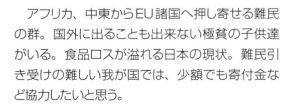

シートベルト
生死を分ける
バスの事故

▼

2016年1月15日、国道18号線碓氷バイパスで真夜中にバスが転落。乗客の学生13名が死亡、26名が負傷した。消防関係者の話として「シートベルトをしっかり着用していれば助かったのではないか」と。治にいて乱を忘れずと言うが。

投票日
民意民意と
蝉が鳴く

▼

日本でも女性の選挙権入手は、つい最近の戦後の事だ。投票率は若者に特に低く、国民の政治意識が不思議だ。若い人々は選挙権獲得の先人の苦労、その長い道を自覚すべき。数日の命の蝉が投票に行けと鳴いている。

投票箱

開票前
判っていても
行く選挙

▼

戦後統計学は急速に進歩し、開票と同時に当選者が分かる。調査業者が、各種アンケート調査を行う為か。出口調査とやらで投票後、誰に入れた、支持政党はと聞かれた。開票前なのに、選挙違反ではないのかと思った事がある。

胃薬を
飲んで開票
見るテレビ

▼

2016年参議院選挙開票速報を見る。与野党比率が一番の関心事。どの選挙区も自民党が強い。自民党の圧勝。手に汗握らせる選挙区は少ない。自民党だけで過半数。与党で3分の2。

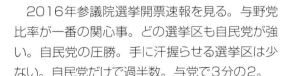

正月と
盆が来たよと
自民党

▼

2018年の衆院選挙は自民党が圧勝した。政権交代後に分解した野党は、自党の生き残りが最大の目標だった。今回の自民党総裁選も、安倍3選のお祭りだったと思う。対立候補の善戦も演出の如く、自民党はみんなハッピー。

祝 自民大勝

一強は
駄目と多少の
批判票

▼

ポスト安倍を狙う野心家はだんまりだった。一強は不味い。安倍支持派も対決派も日和見派も、形を整え上手く国民に提示した。激動の国際情勢下、安倍さんしか、今の政治の手綱は取れないのかも知れない。

プーチンが平和条約出してきた

▼

北朝鮮と同様、平和条約を出してきた。北方四島領土問題は経済協力を十分取ってから、相互利益になる話し合いをと。ロシアは何も失うものも、返還する積もりもないだろう。ロシア国民もまた、容易に返還を同意しないだろう。

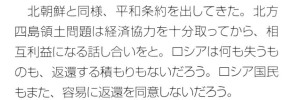

競い合う
インスタ映えの
夏の夜

▼

花火師も浴衣姿の娘さん達も、夏の夜の花火には欠かせぬ。両国の花火に始まり、全国の花火大会が夏の風物詩となる。然し、福岡大濠公園の花火大会は2018年で終わりとなった。警備体制が追いつかぬ為か。来年の阿波踊りが注目される。

さばけない
川柳界で
新用語

▼

最近の続出する新用語に高齢者は追い付くのがやっと。最新用語を入れた川柳を、試みはする。前句の「インスタ映え」も新語と思う。「取説」も今は普通語。クロニクル、ヘウレーカ、ミレニアルズなどなど。

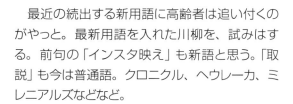

AIが川柳界に来る兆し

将棋と囲碁の世界に強力なAIが進出してきた。人間を超える膨大なパターンの記憶集積能力による。2018年7月、北海道大で開催された俳句の対抗戦。「人間チーム」とAIの「一茶くん」。いずれ川柳にも。

シラクサの
旅の思い出
ヘウレーカ

▼

NHKでヘウレーカという番組が始まる。アルキメデスはBC287年シラクサ生まれ。王冠が純金か真偽判定を依頼され、風呂に入って溢れるお湯をヒントに正解を出し、ヘウレーカと呟いた。シチリア旅行で、故郷を訪ねた事を思い出した。

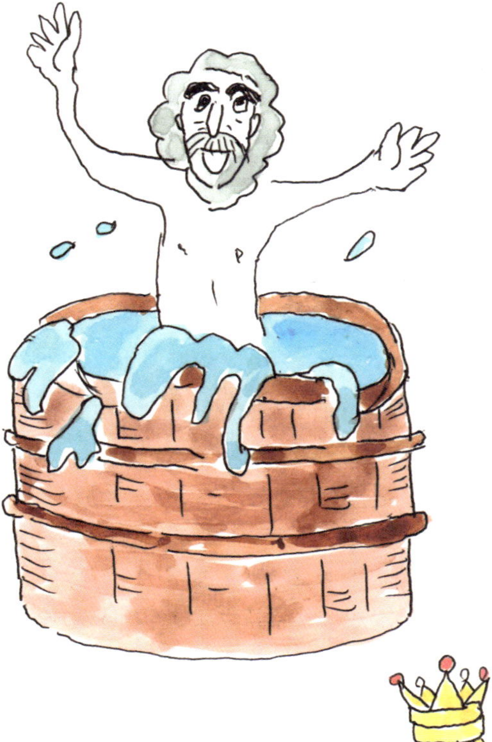

AIBOには
ペットロス無く
ある癒し

▼

一人暮らしの高齢者が終生の友としてペットを飼う。然し、ペットが先に死ぬ心配。次に本人が介護施設入居後又は死亡後ペットをどうするかという問題が残る。AI時代には、AIBOがペットの主役になる日も近そうだ。

ホームでは
ポチが一番
人気者

▼

介護施設を訪れる、各種ボランティア団体が多くなりご苦労様と思う。紙芝居、歌、音楽、手品、踊り、など工夫を凝らして。然し、入居者にとって一番の人気者は、連れて行ったポチだったらしい。

今回で
終わりにすると
いう賀状

▼

最近、年賀状を今年で止めたいという添え書きが多くなってきた。年賀状だけのお付き合いの人、負担になってきた人。いずれも高齢者の終活の兆しか。長年のご厚誼を感謝し、翌年の賀状は失礼すると記す。

賀正
今回で終りに
したい

趣味の山
救助に行くは
命がけ

最近、山好きの元気な高齢者が増えてきた。然し遭難者の救助は命がけだ。冬、夏に関わらず二次遭難の危険が。登山者は勿論、万一を覚悟していると思う。安全調査のヘリコプターが墜落する残念な、痛ましい事故もあった。

熊主食
人は山菜
奪い合う

▼

春先の山で、山菜採りの人が熊の被害に遭う事がある。人間による山の開発が進み、熊の領域が狭くなっている。親熊は子熊の、少なくなった食物探しに懸命であろう。熊鈴を持って熊の領域を侵さぬよう、配慮したいものだ。

この度は
劇場型で
来る電話

オレオレ詐欺の電話が巧妙になり、詐欺集団は研究する。その一つが劇場型といわれる。相手に考える暇を与えず、役割分担し四方から。孫可愛さのあまり被害に遭う人が絶えないと言う。

BK

真珠湾
導火線では
あの敗戦

▼

12月8日には真珠湾奇襲攻撃と太平洋戦争を思う。最初は優勢で進行した戦局がガダルカナルで負け戦に。この時期に必勝を信じ、外地に多くの日本人がいた。敗戦後、多くの引き揚者。ルール違反に良い事は無い。

パワハラが
流れ出したか
堰を切る

▼

最近ラグビー、体操、レスリング界など一斉にパワハラ問題が噴出した。アスリート養成に通常の稽古、練習では鍛えきれないのか。競争に勝つ為には、軍隊式にも目をつぶるしかないのか。

教育が
産業化され
子等を呑む

▼

格差社会の発端は、先ず教育格差から始まるのか。都会の恵まれた家庭、更に運の良し悪しが左右する。成長産業と言われた教育産業は、成長し拡大する。一般家庭の子供達も次第に呑み込まれていくのか。

○○進学塾

借金が
1000兆超えて
なお平気

▼

国債が1000兆円を超え、財政規律、健全化は先延ばし。毎年襲来の災害対策費、バラマキ行政などの為、赤字財政は止められない。因みに我が国敗戦前年の1944年の国債残高は国民所得の260%を超えていた。

ITの末恐ろしいデマゴーグ

▼

アメリカ大統領選挙では、フェイクニュースが横行したそうだ。今なお、ロシア疑惑が調査されている。情報化社会では、嘘のニュースも瞬時に広まる。IT時代はセキュリティ管理が緊要だ。

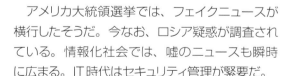

ご破算に
願いましては
年度末

▼

年度末が近付くと、全国で道路工事の光景があった。最近は財政不足で、そんな風景は少なくなったのか。予算の硬直性や、追加予算の残額は無いのか。あるいは私の外出回数が減った為、見かけないだけか。

3 月
1 2 3 4
29 30 31
工事中

戌笑う
言われた年も
早や師走

▼

　証券業界では戌年の年末は、年初より騰がると言う。年初の日経平均は23,506円であった。年末まであと僅か。これからじりじりと上昇するのか。そして、ジンクスは更新されるのか。

株なんて
いつでも
ジェットコースター

▼

株価は景気の先行標識というが、突然大きく上下する。だが、プロはパソコンでセットして、騰落いずれも儲けるらしい。一般人はその都度右往左往するという。10年前のリーマンショックの大暴落はプロにも例外か。

外来魚
日本の水は
ああまいぞ

▼

最近は輸入貨物と共に入国するヒアリの侵入が問題となる。外来種は強力だ。外来魚や、カミツキ亀に占領された池。外来種に駆逐される草花。その他諸々数え切れない。また、違法に飼っていた外来動物を捨てる人がいる。

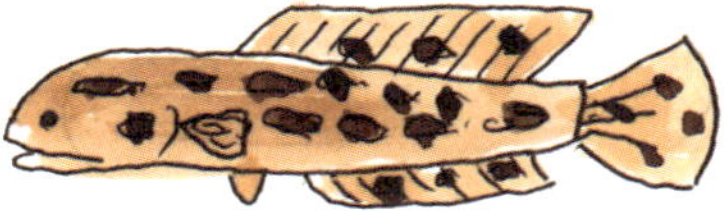

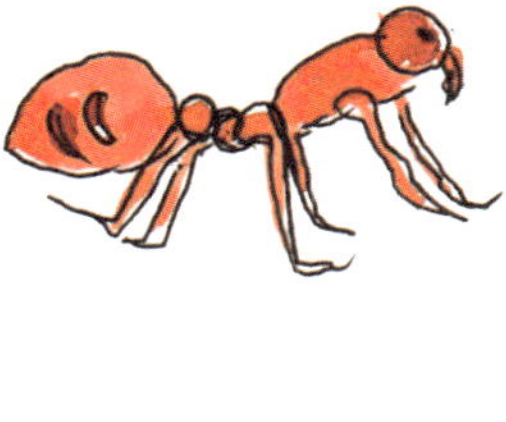

人が立ち
荷物が座る
暮れの駅

▼

杖をついた老人が、無人駅の狭い待合室へ来た。然し、狭い駅の腰掛は手荷物に占領されている。荷物の持ち主は何処へ行ったのか。老人は座れない。元気な団体客の声。お土産荷物と高校生達のカバンが占領。

予定より寿命が延びて本を出す

▼

男性の平均寿命が81.09歳になった。私も医療の発達の恩恵に浴し、平均寿命を超えた。半寿の記憶として、平成末のこの時期に、新作品川柳句集を発刊できる。長生きは有り難い事である。

平成の最終列車のベルが鳴る

▼

平成30年の最終日は12月末日。新元号は天皇即位時に発表される。その時点から新元号となるが、2019年5月以降、適切な時期に全て西暦表示は如何でしょう。「ミレニアルズ2020に来る五輪」

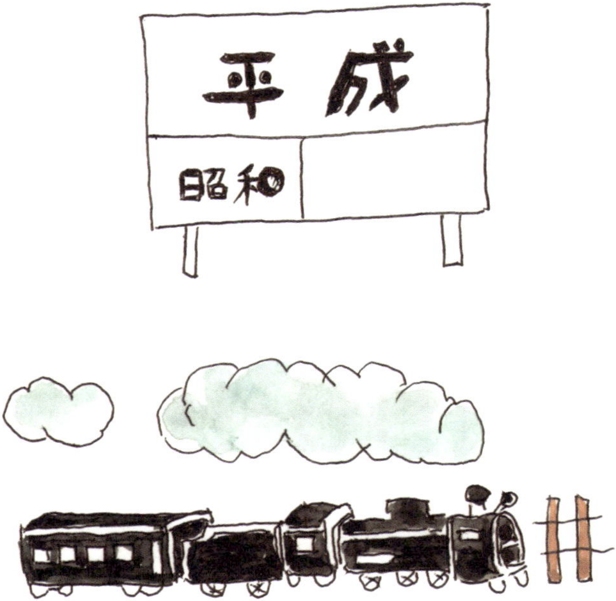
平成
昭和

あとがき

60歳で会社生活リタイア後、ゆっくり趣味を中心に余生を送っています。古希も過ぎ旅行に出る事も少なくなった頃、海老川川柳会と出会いました。川柳は初めてでしたが、講師の川口雅生先生から本格川柳の基礎を学び、勉強会の仲間と川柳誌「犬吠」に投稿を始めました。私は短期間ではありましたが、お陰さまでこの勉強会と「犬吠」に育てられました。私にとって川柳への魅力は、世界最短といわれる十七音の文芸であることでした。また、少ない言葉の内外で、多くの考えが述べられる事にありました。

以来「犬吠」「朝日川柳」、卒業会社のOB誌「正友会だより」などに投稿し、早や10年近くが経過し、活字にして頂いた句も500句程になりました。それらの中から社会事象に対する時々の想いを中心に、76句を選び自句解説と妻のイラストを加えました。一般の川柳からやや外れている事も自覚しつつ、私の発信と致しました。

幸いこの小冊子にお目通し頂いた方に感謝し、同感と思って頂けた句があれば、大変嬉しく思います。この度、新葉館出版の竹田麻衣子さんのお世話で、発刊出来る事となりました。今までご指導頂いた方々、お世話になった方々に厚く御礼申し上げます。多謝

2018年12月1日

松城　信作

●著者略歴

松城信作（まつき・しんさく）

本名　刀祢館信雄（とねだち・のぶお）
1937年生まれ。三重県立松阪高校、滋賀大経済学部卒。
卒業と同時に大正海上（現三井住友海上）に勤務し各地転勤の後、定年退職。
趣味の主なものは国内外の旅行、読書、音楽鑑賞、囲碁など。

●イラストと写真

刀祢館庸子（とねだち・ようこ。旧姓佐久間）
1942年生まれ。名古屋市立向陽高校卒。
主婦業の傍ら、群馬県立女子大美学美術史科で学ぶ。
1988年より船橋市に居住。

横書き川柳

○

2018年12月5日　初　版

著　者
松　城　信　作

発行人
松　岡　恭　子

発行所
新　葉　館　出　版
大阪市東成区玉津1丁目9-16 4F　〒537-0023
TEL06-4259-3777㈹　FAX06-4259-3888
https://shinyokan.jp/

印刷所
株式会社太洋社

○

定価はカバーに表示してあります。

ISBN978-4-86044-540-9